JN440577

글벗시선 176 조금랑 시집

바이러스처럼

조금랑 지음

시집을 출간하며

시는 저에게 너무 높은 곳에 있었습니다. 살면서 카테고리로 연결된 길을 걷는 게 일반적이었다면 저에게 시는 우주 밖의 길이었다고 생각합니다. 눈에 보이는 것들을 쫓아가던 어느 날 혼자만의 고독이, 혼자만의 외로움이 왜인지도 모르던 날, 누군가의 시를 읽고 가슴에 불꽃이 일었죠. 마치 신의 계시처럼요. 제 삶과는 전혀 다른 시의 세계는 아마존 어딘가에서 시작된 나비의 날갯짓으로 불어왔을 테지만 그 길은 걸어보지 못한 새로운 숲길이었습니다. 새로운 곳에서 씨앗이 발화되고, 잎이 나고, 어쩌면 저의 태초부터 품고 나왔을 씨앗일지 모른다는 생각이 들었습니다. 아직은 묘목 같은 글이지만 글 한 편 한 편 돌탑을 쌓는 것처럼 차곡차곡 글로 삶을 쌓겠습니다.

서투른 제 글의 방향을 잡아 주시느라 호된 꾸짖음과 토론과 조언을 해주신 시인 이순호 선생님께 존경과 감사를 전하고 바쁘신 중에도 시평을 해주신 큰 사랑에 고개 숙여 인사드립니다. 부족한 글을 세상에 꺼내주신 등불 같으신 글벗의 최봉희 회장님께도 무한 감사를 전합니다. 감사합니다.

아울러 책표지로 선뜻 자식 같은 그림을 내어 주신 조홍래 화가 선생님께도 깊은 감사를 드립니다

2022년 9월 저자 조금랑

축하의 글

좋은 시를 창작할 수 있는 시인

조금랑 시인은 문학에 대한 애착과 열정이 대단하다. 문학 활동 영역을 보면·오프라인에서 항상 앞장 서 있다

문학을 사랑하지 않고서야 문학에 대한 열정이 대단하지 않고서야 어떻게 저렇게 할 수 있을까 하는 생각이 들 정도다. 그녀가 늦깎이로 등단하는 것도 문학에 대한 뜨거움이 남다르기 때문이다.

그리고 그녀는 천상 여자다. 정말 꽃 같은 여자다. 그녀를 보거나 통화를 할 때면 꽃을 보는 듯하고 꽃향기를 맡는 듯하다. 사랑스러운 천상 여자지만 그녀의 시적 언어는 단아한 여성스러움보다는 과감하고 폭넓은 어휘를 착용하고 있다. 그래서 조금랑 시인은 여류 시인이 아니라 여류라는 수식어가 필요 없는 시인이다.

충분히 지금보다 더 좋은 시를 창작할 수 있는 역량이 갖춰져 있는 시인이기에 더 없이 기대된다.

– 이근대 시인 / 베스트셀러 작가 '매 순간이 가슴 뛰는 기적이다' 『너를 만나고 나를 알았다』 중

추천의 글

가슴으로 만나보라

시인의 사명은 무엇일까? 사랑하는 대상을 더 먼저 생각하고 더 많이 위하는 것이 아닐까? 더 깊이 가슴으로 바라보고 더 넓은 가슴으로 품는 것은 아닐까? 그것은 결코 머리로 하는 것이 아니다. 가슴으로만 가능한 일이다. 그렇기에 시인은 물질도 명예도 다 내려놓는다. 마침내는 목숨과 같은 딱 한 가지만 붙잡는다. 그것은 바로 사랑이다. 사랑은 사랑하는 대상의 기쁨을 위해 나의 전부를 내놓고도 부족하여 늘 아쉬워하는 마음뿐이다.

조금랑 시인은 계간 글벗에서 시 부문 신인상 수상으로 등단한 이후 꾸준하게 작품활동을 하다가 이번에 첫 시집을 출간하게 되었다. 그는 시적 대상을 가슴으로 바라보는 시인이라고 말하고 싶다. 그의 시에는 사랑의 형상이 다양하게 나타난다. 불꽃 같은 사랑, 위험한 사랑, 종이컵 사랑, 달콤한 사랑, 죽을 것 같은 사랑 등이 그것이다.

시인은 열심히 시를 쓰고 열정으로 사랑을 노래하지만 늘 부족함을 느낀다. 그런 의미에서 그의 사랑은 희생이다. 그 희생에는 고통이 따른다. 하지만 그 고통은 사랑의 이름 아래 있기에 행복한 고통이리라. 이에 조금랑 시인과의 시적 만남을 가슴으로 만나보라고 적극 권한다. 그리고 그를 응원한다.

– 최봉희(시조시인, 평론가, 계간 글벗 주간)

차 례

조금랑 시집

바이러스처럼

바이러스처럼

오랫동안 비워 놓았던 뜰에
들풀인지,
들꽃인지…
처음에는 은밀하게 다가왔지
조그만 싹이 빈 뜰의 주인이 되어가고
어느새 자리하게 되는
우연처럼 왔다가 전부가 되어가는
저, 패인 흔적은
햇살과
바람은
차별 없이 지나가더라도
그렇듯
무엇이 내 속에
안착하는 분별없는 안개 같은
흐린 풍경은…

밤을 낚는 것은

고요한 어둠 안에
바람의 파동은 물에 모양까지
변형시키는 잠깐의 일탈이었으리
믿고, 믿어도
수면 밑의 수초에 발목이 엮이고
물가에 서 있는 느티나무조차
진흙 속 깊이 내게 닿아 있을 때
자체 발광의
저 찌는 빛을 잃고 침몰하겠거니
생과 사의 요동치는 두려움보다
맨살에 스치는 결들이
더 버거운 자리들

뭍으로 가는 유일한 길 끝에
한 줄기 바람은 기다리고
외줄의 떨림은 곧,
마음으로 가거나 말거나

시간을 먹어버린 막무가내의
사내가 기다리는 건 뭔지
차분해진 저 사내
그리고
저 강은…

기억이라는 꽃

참 이상해요
하나에서 두 개가 살 수 있을까요

백발 안에 배냇머리가
자라는 걸까요
아이 같은 미소는 자궁 안의 처음처럼
참 따뜻했어요
떨리는 마음을,
내려앉는 심장을
어떻게 진정시킬 수 있을까요

참 이상해요
눈에는 시간이 있는데
눈에는 시간을 비켜 갔네요

늙은 나무에 배냇 싹이 자라면
꽃이 필까요?

바람의 술수

어쩌면,
바람의 올가미에 걸린 일이 었겠다

돌아가는 길에서는
마주칠 수 없는 통로를
바람은 무심한 척 만들어 놓았을지도
퇴화된 더듬이의 촉으로 찾아낸 길
투명 올가미에는
비스듬히 어깨 기대는 상처들
그리운 것은 그리운 것들 서로
이제는 장난이라 말할 수 있겠다

그대라는 슬픔이

당신이 피에로는 아니잖아요

무슨 일이 있었나요?
그렇게 크게 웃으면
왠지 당신 슬픔이 낮게 보여요
웃음 뒤에 숨겨놓은 미련이 많이 아픈가요
산다는 건
맑은 날 쏟아지는 소나기를 맞는 거고
소나기 뒤에 뜨는 무지개를 보는 거래요
숨 쉬는 이유를
아파하지 마세요

나에게 눈물로 오세요
오늘은
내가 당신 눈물의 이유가 되고 싶어요

별은 멀리 있다

너무나 먼 거리에서
짧은 기억은
번쩍이는 번개를 맞은 거였다
머릿속 울림이
내비게이션처럼 굽이굽이 물길을 돌아
데리고 갈 때 나는 알지 못했다

눈 안의 눈으로
가는 길을 알게 하고
떨리는 가슴으로
온전한 하나를 완성하면
지구 밖의 세상에서
그대와 나는 그렇게 빛을 만들어 간다

바람 기억

바람 불어
떨어진 낙엽이 춤추는 날에는
나도 한 번쯤은 다시 춤추고 싶어진다
간절한 기억 같은
깊숙이 숨겨놓은 욕망의 나신 그대로
'메디슨 카운티의 다리' 어디쯤에서
가슴 열어젖히고
바람을 기다리고 싶다
모든 것들이 쓰러져가는 지금
나는 춤추고 싶다
낙엽처럼 뒹굴고 싶다
그리움의 끝을 잡고
얼굴 비비고 싶다

불꽃

당신의
여름과 가을 사이에는
무엇이 있나요?

한여름 날의 사랑은
참 뜨겁기도 했습니다
영혼까지 다 태워
겉옷조차 걸칠 수 없게 전소되면
계절이 바뀌듯 얼굴도 바뀔 테죠
그러다
서로의 뒷모습에
곰팡이꽃이 피어날 때면
.
.
.

한 조각 말만 떠도는 그런 가을이
시작되는 거죠

여름과 가을 사이에는
많은 이야기들이 수장되어가는 사잇길이
있다는 …

어떤가요?

당신은 눈물이었습니다
잊었던 청춘의 그리움이었습니다
세월을 등에 지고 떠다니던
바람이었습니다
하나의 의미였습니다

어느 곳에서
이름 없는 봉분으로 사라져갈 뻔한
우리는 봄으로 다시 싹 틔웁니다

사랑이 별거 있나요?

같이 밥 먹고 싶을 때
혼자라는 생각을 잊게 해줄 때
입 맞추고 싶어질 때
사랑이라고 말할 수 있을까요?

밥을 먹고
가슴을 열고
입을 맞춰 보세요
키스에는 외로움을 건너는 다리가
있나 봐요
바람에 흔들거려도 결코
끊어지지 않는 다리

겉옷을 벗고
속옷을 벗고
가슴을 벗고
사랑을 나누지만
내 가슴은 멀리 있네요

그래도
사랑을 해줘요

바람길

불현듯
생의 벼랑 끝에서 날아온 한 줄기 바람
아린 가슴의 빈 공간을 채우는 이것이
눈물이었습니다
깊은 숨이었습니다
한 번의 입맞춤은 서러운 몸부림이었습니다
그 희열은 내 방황의 시간으로 가는 문이었습니다
안으로
안으로
더 깊이 들어가면 그곳이 사랑일까요
조각난 퍼즐 조각들의 완성이
하나 됨일까요
아득한 늪일까요
사랑일까요..

낚싯바늘 속의 미늘처럼

공허한 바다에 던져진
낚싯대에는 무심한 한마디가
미끼처럼 걸려있지만
파닥거리지 않고
미동도 없다

유유함에도 빈 곳은 있어
환상 같은,
봄바람 같은 미끼에
치명적인 블랙홀이 있음을
알지 못하는 호기심은 부레처럼
부풀어 오른다

미늘은
심장을 채어 들기까지
숨죽이며 기다리는 저녁

시마(詩魔)

그것은 내림굿이었다

눈물로,
시련으로,
역마(驛馬)로 풀었다
외로움으로 뒤덮인 그곳은 높고 깊은 성이었다
가늠할 수 없는 안개였다
왜인지도 모르는 눈물은
숨구멍이었다
피할 수 없었던
작두타기였다

시는
무병(巫病)처럼 오는가?

온다

사랑이
낮고 먼 곳에서
올라오는 중입니다

비처럼 내립니다

비를 맞은 내 겉옷 소매 끝에서
아지랑이처럼 피어오릅니다

지금은
비 맞은 레일 위에 도착하고 있습니다
되돌아갈 수 없는 사랑은 언제나 위험합니다

그리운 민낯

얼굴에 분칠하고 들이밀다가
한지 같은 팩이란 가면으로 가려 봅니다

당신은 마사지가 몇 분이면 끝나냐고 묻네요
당신이 계신 창밖에서요
날 기다리는 그 거리면 충분합니다
가려진 내 민낯이 흉하지 않겠지요

내 마음에 자리한 당신의 부피는 너무 두꺼워서
스며들기가 아프네요
습윤으로 가려진 얼굴이 자꾸만 어색하고 불편합니다

세안을 해야 할까 봐요
부끄러운 화장을 비누로 지워야 할까 봐요

당신,
어때요 내가 투명하게 보이나요?

그랬다

그랬다
비처럼 음악처럼
예고 없는 소나기를 온몸으로 맞는 거
빠른 비트의 음악을 여과 없이 듣는 거
내게로 온
사랑은

흠뻑 젖은 가슴에
안개 같은 연기가 올라오고
이름 모를 꽃들이 꾸물대며
봄을 피우는 밭을 일구는 그런 거
이제는
은밀함을 무시하고
당당하고 세련된 유희로
맞이하고 싶다
내게로 온
사랑을

너가 내게서 멀어진 날

꽃이라 했다
여자라 했다
행복이 엄마라는 단어에
갇혀있을 때

꽃과 엄마의 경계에서 허둥거리던
그날은 진통이었고
해방이었다

향기를 잃은 꽃이라도
꽃이라고 말하고 싶은…
족쇄를 벗어 버리는
지랄맞는 병이 시작되는 날

늑대와 여우

찬 바람 불어오면
시린 가슴 달래느라
쉬엄쉬엄 불어대는 갈대의
휘파람 소리를

오고 가는 이 없는 들판에
외로움으로 한껏 멋을 부리고
오는 바람마다 기웃거리는
마음은 허물어져 가는 오늘이 최고라고
애써 웃어봅니다

휘어진 생 꽃피워 올곧게 서고 싶은데
과거는 묻지 마세요
돌아보면 허방의 하늘뿐
은발로 변해가는 억새에게
건조한 바람으로 다가가
갈대의 안부를 흘려줍니다

교활한 여우는
바람난 늑대를 기다리는
늦가을 들판입니다

안개

햇살 좋은 날
삼베 이불 풀 먹여 놓고
소매 끝에서 목덜미까지
수숫대처럼 까슬해지고 싶었습니다

비 더불어 오실 땐
숲의 허리를 휘감는 바람끼에
무지한 아낙들은 실실거리고
앞산에서 뒷산 치맛자락 펄럭이지만
저만치 동구 밖에 서성이는 안개는

낮은 휘파람 소리
단풍 든 대추나무의 속살에 젖어 드는 것

미련하고 슬픈 약속 같은
그냥 바람은 야속하고
날렵한 그 모습 밉기만 할 뿐입니다
그저, 안개는

나의 나무

그런 날이었어

씁쓸한 조각들이 밀물처럼
들어오는 날,
쓸쓸한 말들이 비처럼
내려오는 날,
갈 곳 없는 마음은 흠뻑 젖어
말릴 수도 없는 날

어딘가에서 외롭게 서 있을
나의 나무가 미치도록
보고 싶은 날

황사, 자욱한 날

오늘
노오란 카드 하나 받았습니다

별일 없었던 길에서도
별일이 생기는 하루였습니다
생각이 넘치면 상념의 숲으로 가나 봐요
가지마다 꼬리를 무는 열매 같은 마음이
너무 익어 버린 날
내게 있는 마음조차도
내 것이 아닌 그런 날에는
조그만 돌부리에도 넘어질 수 있다는
절뚝이는 오후
옐로우 카드 흔들리는
그런 날이었어요

헛것을 보다가
늪에 빠진 날이었어
빌어먹을,

할미꽃

할배가 앞질러 갔던 길
모퉁이 들어서면 돌아설 수 없는 경계
막다른 길 서성이는 은빛의 남루한 할미꽃
가난한 시간 건너온
등 구부러진 이야기
보라색 작은 꽃으로 피어난 서러운 사연들
울고, 웃던…

인기척 없는
외딴 길에서 망설이는
미안하다고 고마웠다고
내미는 주름진 손
뒷모습 서러워 엎드리는 등 자꾸만
아래로 아래로
내려가는

더는, 뒤돌아보지 말아요
더는, 숙이지 말아요
서러운, 할미꽃

가을에는

길을 걷듯 세월을 달린다
오늘이 어제 같은 일상
무료함 속에 일탈을 엿보지만
알을 깨고 나올 용기가 없었던 날들

평범함을 못 견디는 불량한 인생
경계를 치고 견뎌온 여기까지
탈출을 꿈꾼다
누구의 아내도,
누구의 엄마도
다 벗어 버리고 흥건한 그리움으로
알싸한 일탈 속으로 걷고 싶다

나의 계절에는…

할까요?

할래요?

오늘 밤에는 죽고 싶어요
사무치게 그리워도 갈 수 없는 그곳
오늘은 도달하고 싶어요
조도를 낮게 깔아줘요
음악이 잔잔하게 흐르면 좋겠어요
붉은 와인 한 잔 주세요
전희는 언제나 따뜻해요
떨림이 전율처럼 솟구치고
그냥 혼절하고 싶어요
온몸으로
설움처럼 토해낼 거예요

불빛은 낮고
음악이 흐르고
가슴은 뜨겁고

시는 지금부터예요

리셋

밥솥의 알람은 완성이리라
나의 알람은 리셋

중간지점부터 걷기 시작한 들길에는
게임처럼 돌멩이 몇 개씩 붉어져 나온다
그것도 사랑이란다 발가락을 사이로
치미는 아픔도 사랑이냐고 되물어 본다

어둠이 시작된 익숙한 길에서
길을 잃고마는 실수가
어쩌면 리셋의 원점이 될 수도 있으려니
사방의 어둠은 가시처럼 다가와
성한 생각도 암흑으로 밀어버리고
분명이라고 알던 것들이 허공으로 흩어지면
그때는…
깊은 잠이 들겠지
처음처럼

마른 잎이 비에 젖을 때

기다리고 기다려도 오지 않는
재만 남은 여린 가슴에
싹은 돋아날 건지도
똬리 튼 사랑도 재가 되고
숨으로 왔던
그래서
살고 싶었던 때도 가네
내가 나를 버리고 싶어지면
신은 어찌할 건지
의심조차도 필요 없어질 때
나는 가야겠네
저 너머 비 그친 마른 곳으로
축축한 발길로

공(空)

담장 넘어 날아간 공을
찾는 것처럼
내 생의 누군가를 다시
건질 수 있다면
흘러간 시간만큼 마음도 골 지어 있는 거
세월도 버릴 수 없는 순간만이겠지
차라리 기억하며 살으리

그러하나,
공(空)

제비봉

하루를 벗어나면

고행인 듯
수행인 듯
눈도
귀도
마음 닦는 소리 바쁘고
묵묵히 걷는 상념은 외롭고

길은 언제나 외길
내가 걷는 서러운 길
머언 길…

* 월악산 제비봉을 올라가며

기억

세월이
바람처럼 흐르고

치마 끝에 걸린
인연의 고리에는
잊혀지지 않는 사연 하나
바람 불어 시린 날엔
그립다
보고 싶다
펄럭인다

보름달

오늘따라 커 보이는
저 달이 당신의 기별을
가지고 왔는지 기대해 봅니다

달마다
불러오던 헛배를 움켜쥐고
눈물 흘리던 밤들
미천한 것의 어리석은 밤을
알기나 합니까
가질 수 없는 것을 욕심껏 사랑한 죄
기약 없는 기다림은 다달이
애간장을 다 녹이고
살그머니 뒷걸음질합니다

눈으로 받아
가슴에 품으니
배는 자꾸만 커집니다

달의 눈물

밤새 임 그리워
흘린 눈물이었을까
지난 길목마다
촉촉이 적셔 놓고
못내 아쉬운가. 저 달
핏기없이 하얗게
졸고 있다

사람들

강물 흐르는 둔치에
조잘대는 소리
너른 풀밭에 흩어진다

시절 인연을
만나고 있는 사람들
언젠가는 헤어질 이야기들이
활짝 핀다

그 사람도
저 푸른 잔디 어디쯤에서
잘 지내고 있겠지

삶의 이유

첫 순간

조그마한 입으로
숨차도록 빨아대던
그 길은 내 영혼이
너에게 가는 길이었다

여자에서 엄마로
눈물 되어 감사하고
네가 나됨을 바라보는 순간이었다
아가

너에게 주는 사랑은
그저 내 삶의 이유였음을
살면서 수없이 깨닫는다
아들아,

세포분열

하나에서 둘로
둘에서 넷으로
넷에서 여덟로
여러 개로 나뉘다가
잠시 사라졌다가
새로 태어난다

나는
씨앗이고,
꽃이고,
사과다.

초콜릿

달디 달다
그러해도
쓰다

달달함 뒤에
달콤함 속에 숨겨진 씁쌀함은
단맛을 더 진하게 해주는
촉매

사랑처럼…

꽃물(1)

언덕배기 햇볕 따스한 자리
키 작은 빨간 얼굴 햇살에 웃고 있다
갈래머리 이 집 소녀
손톱 끝에 붉은 마음 스며드는 날
오지 않는 첫사랑을
긴 속 눈썹처럼 그늘막 하나 만들어 놓고 설렘으로 기다린다

바람 불어
삐걱대는 대문 사이
말간 미소를 띤 소년의 뒤꿈치 안으로
그림자 스며드는 시간
아궁이엔 젖은 머리 말리고
연기처럼
꽃잎처럼
기억 하나 피워 올린다
멀리 논둑에서 청개구리 울음소리
잦아들고 있다

겨울 아낙

눈이 오고 있었어,

땅바닥에 내려앉은 잿빛 하늘은
마음 한 자락 깔아놓고
쓸쓸한 말들을 쏟아낸다
실연에 대하여
배신에 대하여
궁시렁 궁시렁

눈이 오고 있었어,

밀린 카드 값에 대하여
외도의 치맛자락에 대하여
집 나간 고양이의 화냥기에 대하여
수런대고 있었어

눈이 오고 있었어,

하얀 몸으로 뛰쳐나간 아이
망할 놈 역마살마저 지 애비를 눈처럼 닮아가지고…
나쁜 사람아

이제 눈처럼 돌아와
발자국 지워지기 전에

눈이 오고 있었어,
쌓인 눈은 깜깜한 침묵뿐이었어

보셨나요?

겨울비가 추적이던 날
무거운 생을 어깨에 메고 정처 없는 사람
보셨나요
색이 바래고 해진 검은 가방
만삭의 달처럼 불룩하도록 가득 채운 게
인생인지 공허인지
보셨나요
앙상한 어깨에 매달린 하늘 아래 방랑하나
어느 간이역 대합실 나무 의자의
쓸쓸한 그림자
보셨나요
버리고 온 고향 언저리
쓰러져가는 빈집의 처마 끝에 매달린
고드름처럼 녹아서 흐르는 인생
보셨나요

겨울비가 추적이는 날
성 밖을 배회하는 검은 가방 하나
보셨나요?

길

1990년
강남역 뉴욕 다방
열정으로 상기된 두 볼이 발그레한
고만고만한 여자 셋이
머리를 맞대고 속닥거리고 있다

젊음은 불가능도 잠재우고
내일의 자신감은
신흥 도시의 소란스러움도 설렘이었다

계절이 몇 번 바뀌는 동안
시간은 그렇게
각자의 얼굴에 이야기책을
만들기 시작했고 세월은 냉정함을 잃지 않았다

한 여자는 결혼을 선택하고
한 여자는 갖지 못할 남자를 사랑하게 되고
한 여자는 어떤 것도 선택할
자신이 없어서 그냥 있었다

그리고

20년이 지난 어느 날
필연처럼 세 여자는 우연히 다시 만났다

한 여자는 평범을 가장한 특별한 아이를 얻었고,
한 여자는 죽음도 배웅할 수 없는
불륜 앞에 괴로워하고,
한 여자는 외로움을 달래주는 알코올 몇 병이 전부인
하루를 견디고 있었다

농치는 날

이른 아침부터
백발 위에 꽃이 핀다
달라질 것도 없는 단장에 거울 앞
주름은 따봉이란다
굽은 등의 각도도 어긋남이 없는
한솥밥을 먹는 딸의 부양보다
어쩌다 효자가 더 행복한 어른 아이
저 불변의 진리를 아는지 모르는지
전화통은 침묵하고
백발의 꽃이 시들 때 딸년의
물뿌리개 같은 농이 피겠지

엄마,
엄마도 여자거든요

꽃물(2)

투명한 손톱에
봉숭아 빛 글씨로
사랑의 편지 보내고
붉게 터진 손톱 끝에
불그레한 가을이 가고
겨울이 하얀 옷 입는 날
당신, 내 앞에 있기를
손톱 편지는
당신을 향한 기다림
조금씩 닳아지더라도
슬프지 않은 건
나의 첫사랑
살굿빛 손톱이 되는 날
내가 당신께 간 줄 아세요

소망합니다

아마도

스무 살 된 아이의 유모차는
아이가 열 살이 되던 해부터
친정엄마의 보호자가 되었다
내과, 치과 그리고 한의원에
정작 남편도 자식도 필요치 않게
낡은 유모차는 엄마를 잘 보필해 왔다
그 속에 아이 대신
고등어, 갈치도 타고 휴지도 타고
커피믹스도 놀았지만 나는 한 번도 못 타봤다는

엄마의 휘어진 등살을 지탱해 주던
낡은 유모차는 엄마의 살아온 이야기를
나보다 더 많이 알고 있는지도 모르겠다
낡은 유모차는 엄마의 서러운 지팡이
가득 받아 엄마가 돌아가시면
엄마 없인 못 산다고 대성통곡할지도
분명 나보다 더 슬퍼할 수도…

선산

산비탈에 4대가 모여 사는 집이 있다
울타리도 없고 대문도 없지만
지나는 나그네 쉬어갈 수 있게
누런 잔디 평화롭다

온화한 모습의 고조부는
집 장만하고 바로 기거하셨는지
엊그제 이사 온 고손자보다 젊다
서열대로 정한 듯한 방문 앞에
이름 석 자 반짝인다

밤이면 두런두런
이 자손 저 자손 걱정 속에
라떼는 ~
방문마다 소곤거리면 지나는
부엉이 엿듣는 재미에 저녁을 거를지도 모른다

4대가 모여 사는 산비탈 집에
봄바람 기웃거리는 밤이 깊어간다

* 라떼는 : 나 때는

헐렁한 내복

외로워서 껴입은
깊이를 알 수 없는 파도처럼
내면에 가슴이 조인다
추워서 입고,
허전해서 걸친 옷들은
허접한 누더기이자 껍질일 뿐
갈아입을 때마다 낯설고 어색하다

새 옷으로 입어도
어느새 낡아 버리는 계절
우화의 미미한 진통
속옷 사이로 비집고 들어오는
비릿한 바람 하나
토마토 껍질의 변색처럼
마음 붉어질 때

옷 갈아입을 때인가 보다

능금

작은 가마에 실려
먼 길 오신 애기 씨에게
반가운 손 내밀어 잡아주고

어린 시절 유모의 손길로
모진 비바람도 견디며
붉은 옷 한 벌 지어 입느라
한여름 뜨거움도 참아내며 출가할
그날을 기다렸을 고운 애기 씨

집 떠날 두려움은 낯선 곳의 설렘으로
두 볼은 붉게 상기되어 터질 듯
예쁘기만 하다

목소리

수화기 너머
익숙한 목소리 들려올 때
낡은 집은 휘청거리며 불들이 켜진다

오래전
빈 집의 기억 아득한데
그리운 불빛
사람도 가고
미물마저 사라져 가는
산다는 게
자꾸만 바닥으로 낮아져 가는 것인지
침잠하듯 자꾸만 어두워져 가는 것인지

어둠이 깊어지고
수신음이 반짝일 때
무언가,
뜨거운 것이 밀려와
늘어진 내 몸을 달군다

의미조차 잊은 채

몇 번의 겨울이
바람처럼 왔다가
햇살 아래 물러나고
여러 번의 그리움에
하늘 그림으로 얼굴을
그려보지만 이내 사라지고
그렇게
몇 번을 오가는 계절로
당신을 잊는 날도 오겠지요

그날

그 바람은 매일 불어온다
갈대를 흔들며 생각을 적시고
가녀린 몸 흔들린 채 스치며 지나는 길목

오늘도 그 자리.

빈 가슴
기다림의 집에 홀로 바람이 운다.

그 집에 들어서면

그 집 마당에 들어서면
땅속으로 다리 뻗은 이녁들이
와글와글 반겨
시선을 빼앗아 간다

앞마당을 배회하던
순경은 검문하느라 컹컹거리고
죄 없는 날개는
철창 속에서 날갯짓으로
억울하다 퍼덕거리고
밤나무 걸린 구름은
가시에 찔려 마당에
내려서지 못하고 엉거주춤 서 있다

돌아보는 석양빛은
마당을 지나 오래된 집 틈새로
스며들어 바람길을 만들어
가는 시간이다

산수유(봄)

노랑 저고리 입혀 놓고
사랑스러워 여기저기 분칠하네
봄은 타닥타닥 불꽃처럼
붉은 마음 곱게 얹어주며

시집보낼 궁리에 밤잠을 설치던
봄은 바람의 귓속말에 귀를 연다

가지 위로 노란 꽃등 걸리면
온 동네 봄꽃 시작되고
가지마다 엄마가 기다리고 있네

사람이 그립다

첩첩산중 수탉 외침의 아침
해가 밝아 눈을 뜬다
햇날의 침략에 마음 수탈하는 주인장
허수아비 기다리는
논두렁으로 슬그머니 물러난다

땅거미의 공습 후
옥수숫대 부여잡고 몸 비비는
구르고 구르다가 달빛 아래
개밥그릇도 비어 있음을 본다

비 오는 날의 성수동

마누라 없인 살아도
장화 없인 못 산다는 곳
땀에 젖어 쉰내 나는 몸뚱이를
비닐로 감싸 쥔 아저씨는
씨부럴~
푸념 섞인 중얼거림으로
물속 빼꼼 참외 하나 건져 든다

학교 가던 길
내 키만 한 오이 몇 개
슬그머니 손이 가고 새침하게
통통 물장구 튕기며 냅다 달려간다

우리 동네 성수동엔
성수가 없다

멸치의 바다

멸치의 바다는 프라이팬이다

멸치볶음 받는 이가 바뀌는 건
순전히 사랑 탓이다
내가 쌀을 씻기 시작한 이후
끊임없이 멸치는 살아나갔지만
돌아온 건 낙엽마냥 뒹구는 쓸쓸한
기억의 봉분뿐이었다
멸치는 죽어서도 꾀끔한 사랑이었고
칼슘이었다
멸치를 몇 번 볶았는지
열 손가락으로 모자라는 퍼포먼스는

지금
프라이팬의 멸치는 새 피를 수혈 중이다

단풍

풋풋하던 나를
벌겋게 물들여 놓고
바라만 보면 어쩐다요

산천에 널린 게
푸른 잎이라지만
책임지지 못할 몸뚱어리에
불은 왜 붙였소

아랫마을로 힐끔거리는
그 바람기도 머지않아
된서리 맞을 텐데
이제 떨어질 나를 좀
받아주면 안 되겠소

남편

내 솥의 밥을 먹어도 여전히
나의 간을 모르는 모 씨와
실랑이할 시간이다

나는 간간한 여자다
맹물로 희석하면 더없이 부드러운
맛을 내건만 하루도 안 빠지고
바닷물만 퍼 나르는
모 씨는 일생일대의 불량 선택이다
반품하고 싶어지는
순간들을 알기나 할까
오독오독 씹힌 모 씨의 흔적이
개수구로 흘러가면
묘한 쾌감이 전율처럼 흐른다

입술 안에서 나가지 못한
수만 개의 말을 달래서
가슴 밑바닥으로 보내면 누룽지 타는
냄새에 코끝이 맵다
오늘도 내보내지 못한 마음 몇 개
누룽지로 눌리느라 밤잠을
설치겠다

비구름

가기 싫어
몇 날 며칠
통곡하며 울더니
귓가에 조잘거리던
바람에게 넘어갔나
한 조각의 구름일랑
두고 가지
저 넓은 하늘에
그늘 한 점 없이
애꿎은 햇살에게
눈살 찡그려본다

장미라는 이름으로

장미를 독차지하던 여인의 남편은
가시까지 점검하지 못해 안달을 부렸다
마음 없이 껍데기로 살아온 70여 년이
억울한 여인은 고래심줄 같은 고집으로
보내는 눈빛이 칼날 같았지만
오래 맞서진 못했다
지붕 뚫린 온실에 가둬 놓고 하루하루
격랑의 바다를 만들어 준 남자를
팔자라는 면죄부에 순종을 빌던 날들,
지금은 가고 없는 그 남자
버석거리는 여인의 관절처럼
기억도 삐걱거리다 어쩌다 돌아온
내조라는 미덕의 그 순간만이 존재한다
먼 산꼭대기에 걸어놓은 얼굴이
호령하는 독재라도
자주 와 주길 바라는 여인의 눈 밑에는
물기가 서리고

엄마…

궁금하다

전화할 상대도
궁금하고
통화하는 상대도
궁금하고 너무 궁금해

아마도
그 시간에는
언어 섹스 중일 거야
근데, 궁금한 내가 궁금해

글이 좋아, 그대가 좋아

늙어가는 것은
와글거리던 집이
외로워지는 것이다

어스름한 저녁이면
쓸쓸함은 떼를 지어오고
곁에 있어도 없는 듯
시리도록 추운 건
어차피 혼자만이
걸어갈 길이기 때문인가 보다

지는 해 바라보며
쓸쓸한 웃음 짓는
내가 서 있다

당신과 마주앉아

당신의 눈길 받으며
마시는 커피
평생 그리던
당신이 곁에 와 주어서
행복해요

알 수 없는 허전함에
항상 목말라하며 살아야 했죠

그런 고독을 채워준 당신
눈물 나도록 좋은 사람이
당신이라서 행복해요

당신 시선 안에서만
있고픈 마음
상상 속에 같이 있어 온 사람이
당신이 아닌
다른 사람이라서 정말 행복해요

평범한 삶의 행복

잔잔하고 흥미 없는 생활에

감사함을 모르고 살아가지만

갑자기 맞이하는 역경은

잔잔한 날에 고마워하게 되고

특별하지 않았던 날이 쌓여

특별한 날이 되어가는 삶에서

우리 곁에 존재하는 모든 것이

허투루 온 것이 아니라는 진리를

깨우치며 스스로 찾아가는 길에

평범함이 가장 비범하다는 진실이다

허공의 기억

마음이란

있을 수도 없을 수도

가질 수도 놓을 수도

순간순간 느루 잡아도

공간을 떠돌다 사라지는 것

봄소식

봄 향기
짙게 온다 해도

우리네
입 향기만 하리오

그대와의
수다 꽃향기가
봄보다 짙게 다가옵니다

전야제

오늘 같은 날엔 군내 나는
곰삭은 김치로 국을 끓여야 해
벌겋게 시큼하게,

정답 없고
결론 없는
메스꺼운 관계는 늘 명절 전에
재발한다
혈육은 공동의 피로 만들었건만
시(媤)자의 권리는 늘 우세이고 당당하다
반역하지 않는 한
역전의 자세는 불가능이고
넘어야 할 문지방이라면
멸치 몇 마리 녹여
벌건 김칫국으로 나를 숙이고 있겠다

기도

7월이
다 가기 전에
고백의 용기를 주소서

당신을 만나
최상의 평범을 누리고

당신의 그늘에서
일상의 습관이
행복인 줄 알게 되고
감사함을
알게 되었다고
말할 수 있기를
....

시샘

산은
바다를 부르지 않는다

멀리에 서성대는
구름만 데려오려 한다
바다가 아무리 넓다고 우쭐대도
산은 그저 내려다만 본다

산이 내쉬는 숨소리에 움찔거리다
바다는 대담하게 산을 넘보기
시작한다

그리움(1)

불러도 올 수 없는
액자에 가둬 놓고
넋 놓고 바라보다
나직이 말해본다
오늘 밤 꿈속에라도
다녀가요 아버지

국화

인연의 고리가 풀리는 길
한번 가면 되돌아올 수 없는
길에 서서 꺼이꺼이
서러운 배웅을 하네

안녕히 가시라고
국화 꽃상여 단장하니
하얀 나비 한 마리 날아와
가만히 머리에 내려앉네

묵언

누군가를 위해
간절히 기도하는 밤

어둠에 싸인 방에
출렁거리는 기억들은
순서 없이 오고 간다
삶의 노련함도 소용없는
노병의 숨소리
꺼질 듯 살아나는
촛불 같구나

되돌아갈 수 있다면

여명은
새날을 선물하는데
등짐이 가벼워진 걸음은
헛발질에 자꾸만
주저앉는 아침입니다

주어진 현실에
힘겨워하던 그 시간이
이렇게 사무치게
그리워할 줄 몰랐습니다

되돌아갈 수 없는 삶에
소용없는 후회만
가득하게 몰려오고

효녀도 아닌 여식에게
차곡차곡 마음 두고 가신 당신
이제야 사랑이었음을 아는
모자라는 자식을
용서해 주세요

그대 아시나요

죽을 만큼 사랑할까 봐

사랑하면 미워질까 봐

사랑한단 말도 못 하고

바라만 보는 사랑을 택합니다

그리움(2)

열여덟 첫사랑은

분홍빛 그림으로

가슴에 새겨둔 정

그립고 그립구나

인생길 황혼 물들어

추억 지는 사랑화

장미라는 이름보다는

장미라는 이름보다는
꽃이라는 이름보다는
담장을 넘는 그리움 하나로
작은 바람에도 기웃거리는
그렇고 그런,
시시하게 흔들리는
그냥 몸짓 하나라는
그렇고 그런 이름이고 싶어서

새벽

커피 한 잔을 다 마시도록
안개의 실체를 알 수 없어
또 한 잔을 마주합니다

관계는
오늘 삶의 지침인 양
일상에 관여하고
새벽녘 뿌옇게 덮인
어스름한 길 앞에 서서
잠시 주춤합니다

나는
누구이며
어디로 가야 하는지

그런 날

문득 그런 날 있잖아

너한테 할 말이
정말 많은데

전화하면 눈물부터
나올 것 같은 날

- 조명준 -

* 제가 시를 쓰기 시작하던 때
스무 살 아들이 툭 던지듯
내뱉은 말을 글로 기록합니다.

그대라는

얇은 바람에도 흔들리는 구름인 게지
움켜쥘 수 없는 환상인 게지
그저
공중에 떠다니다
잠시 내려앉는 먼지처럼
툴툴 털거나
훅하고 불면 사라지는
신기루인 게지
그대라는

정

주지도 받지도 말아야 할 것을
되로 주고 말로 받았다

작은 싹은 어느새 나무로 자라
주렁주렁 가지 끝에
그리움을 매달고 있고

이렇게
비가 내리는 날이면
흔들리며 흐느껴 울고 있다

잠에서 깨어나

녹슬어 굳게 닫힌
철문 사이로
작은 다람쥐 드나들며
철 대문 흔들어 댄다

시간 속 남기고 간
버리지 못하는 기억은
녹이 슬어 붉은 꽃으로 피어날 때
죽은 듯 숨을 멈추어 버렸지만
다람쥐 털끝에 움찔거리는 고독은
또다시 꽃으로 피어난다

죽을 거 같은 사랑

"사랑해"

처음 사랑할 때 말했지
죽을 만큼 사랑한다고
사랑이 깊어질수록 살고 싶었다

그러고 헤어져야 할 때
헤어지면 죽을까 봐
죽어도 못 헤어진다고
몇 날을 울었다
더 이상 눈물이 안 나올 때
헤어지자 나는 웃으며 살았다

돛배

마음이 바람에 흔들리면

사랑도 바람에 흔들리네

그대도 바람에

그 마음 맡기었군요!

고운 인연

이름 없는 꽃씨 되어

봄의 여신 손바람 타고

너 계시는 곳에

살며시 내려앉아

무심한 눈길에라도

꽃피우고 싶어라

길(2)

오랜만에
남자의 향기를 맡는다

코끝에서 뒤돌아
머리로 들어오는 바람끼
아!
이제 여자의 길에서
사람의 길로 간다

한 줄 위에서

생은 외줄입니다

흥겨운 피리 소리조차
쓸쓸함으로 날아들 때는
줄 위의 탄성은 더 크게 튕겨 올라
하늘로 하늘로
상승을 꿈꾸는 발악의 몸짓이
이유로 바뀌겠지요
벼랑 끝을 디디며 산다는 건
그냥 견뎌보는 것이겠지요
눈물보다 서러운 웃음이
위로는 아닐테지요

그저, 아슬한 외줄
곡예는,

□ 서평

나비의 분분한 날갯짓, 조금랑의 시를 읽다

이 순 호(시인)

1. 시는 왜 쓰는지

시가 무엇인지 이 오래된 물음은 언제나 곤혹스러웠다. 인간은 소멸하지만 글은 불멸이기 때문이란 시답지 않은 변명을 일삼을 때 조금랑의 글을 읽었다.

그것은 내림굿이었다

눈물로
시련으로
역마살로 풀었다

(중략)

시는 무병처럼 오는가 ?
– 시 「시마」 중에서

저렇듯 시가 내림굿처럼 작두타기처럼 무병처럼 온다 했다. 가늠할 수 없는 안개처럼 뿌옇게 온다 하네. 문장이 모호하고 애매하지만 어떤 결연함이 묻어있었다. 시마가 단풍처럼 물들 때 시는 샤먼일까. 어쩌면 골고다의 언덕을 오르는 고행일까. 지나치다 싶을 만큼 종교적 참선같은 의식의 시 쓰기는 일반적인 수양의 개념이 아닌 거 같다. 이렇듯 시를 아무렇지 않게 가볍게 낙서처럼 사랑이니 그리움이니 하는 희희낙락거림이 아닌 삶의 중심으로 시의 중심으로 직진하는 조금랑의 손을 잡아주고 싶었다.

다른 글을 한 편 보자

오랫동안 비워 놓았던 가슴의 한 모서리에
들풀인지
들꽃인지
우연처럼 왔다가 전부가 되어가는
저 패인 흔적은
분별없는 안개같은 흐린 풍경은

시의 바이러스가 몸속에 번지는 아픈 현상같은 걸 노래한 조금랑의 표제작인 바이러스처럼이다. 서정시에서 리얼리즘이니 모더니즘이니 하는 시적 묘사의 품새를 명명하는 전통같은 게 있음이지만 조금랑의 시는 어떤 범주에 가둘 수 없을 것 같다.

2. 어쩌다가 시란 걸 쓰게 되었나요?

어느 날 내가 물었습니다
그녀가 수줍게 말했습니다

불현듯 춤을 추고 싶었어요
글을 쓰고 싶었어요

세상은 거친 사막이었습니다
한 눈 팔지 않고 앞만 보고 열심히 뛰어오느라
옆을 살피지 못했지요
내 속에는 짙은 안개만 가득했죠
근력도 소진되고 삶의 어떤 회한 같은 게 몰려왔지요.
가쁜 숨을 몰아쉴 때 사선으로 떨어지는 비처럼 비스듬히
기댄 내 삶의 흔적 같은 걸 쓰고 싶었죠
이것이 내 시 쓰기의 출발이지 싶네요
사람살이에 대하여 어둡고 후미진 곳에 대하여
시적 은유를 입혀보기도 했지요

이처럼 작가는 곡선이었던 세상살이의 흔적들, 그것이 시일수도 있고 문학일 수 있음을 알아가고 있었네요
조금랑의 서정이 시적 은유로 환생한 다음 시를 읽어본다

믿고, 믿어도

수면 밑의 수초에 발목이 엮이고
물가에 서 있는 느티나무조차
전흙 속 깊이 내게 닿아 있을 때
발광(發光)의
저 찌는 빛을 잃고 침몰하겠거니
생과 사의 요동치는 두려움보다
맨살에 스치는 결들이
더욱 버거운 자리들

(중략)

차분해진 저 사내
그리고
저 강은…
- 시 「밤을 낚는 것은」 중에서

3. 시 쓰기에서 '아리스토텔레스의 수사학'의 의미

조금랑의 글은 파토스(감성)가 앞줄에 있다. 에토스(신뢰), 로고스(논리)적 사유도 있지만 아무래도 조금랑은 감성쪽이 예민하고 섬세해 보인다. 늦깎이로 입문한 조금랑의 시적 감성은 세공되지 않은 원석의 흔적이 있다.
무언가 어색하고 헐렁한 구석이 있긴 한데 한 줄의 번득임이 늘 살아 있었다. 소녀적 감성과 중년여성의 감성이 혼재되어있는 시 한 편을 보자

당신의
여름과 가을 사이에는
무엇이 있나요?

한 여름날의 사랑은
참 뜨겁기도 했습시다
겉옷조차 걸칠 수 없게 전소되면
계절이 바뀌듯 안색도 바뀔 테죠

(중략)

여름과 가을 사이에는
많은 이야기들이 수장 되어가는
사잇길이 있다는 …
– 시 「불꽃」 중에서

마지막 연이 절창이다. 계절이 바뀌는 쓸쓸한 환절기는 무언가 소멸되고 많은 이야기들이 수장되어가는 사잇길이 있다는….

조금랑의 어떤 통찰력과 고급진 감각이라 하겠다

4. 시의 완성이 있을까 시는 불완전하다

한 작품이 소품 같은지 완성도 있는 작품인지는 순전히 독자들의 몫이다. 시집 한 권에 수록된 글들 전부가 좋을까? 그렇지 않을 것이다. 너무 쉽게 쓴 글은 나쁜 글일까?

그렇지 않을 것이다. 그것 또한 독자의 몫이리라.

그러해도 조금랑의 시에서 행간의 허전함은 조금 아쉽다. 여백도 하나의 시어였으면…

사랑이
낮고 먼 곳에서
올라오는 중입니다

비처럼 내려옵니다

지금은
비 맞은 레일 위에 도착하고 있습니다
되돌아갈 수 없는 사랑은 언제나 위험합니다
– 시 「온다」 전문

비처럼 내려 온 사랑이 레일 위에 안착하는데 다시 돌아갈 수 없는 그리움의 끝에서 흔들리는 사랑은 언제나 위험하다. 작가의 사랑에 대한 인식이 위험하고 아슬하지만 무언가 할 말을 다하지 못하고 망설이고 있는 부끄러움 같은 게 행간에도 있고 연간에도 있어 보인다.

시어의 선택은 작가 마음이지만 조금랑의 시어는 순수하다. 너무 수줍다. 아는 사람 조금랑은 패션 감각이 뛰어나다. 제 몸에 맞는 옷을 입을 줄 안다. 색채감도 아름답다. 앞으로의 시어들도 조금랑의 몸에 맞게 세련되어질 것이라

믿는다.
좋은 시를 쓰기에 앞서 시적인 삶을 사는 게 더 소중한 게 아닐는지. 늘 낮고 후미진 곳에 따뜻한 시선으로 어루만지고 타인의 상처를 보듬을 줄 아는 게 조금랑의 시 쓰기 이유 같아 보인다. 그것이 우리가 시를 쓰고 문학을 하는 이유이리라

작가의 연애시 같은 다음 글을 보자

> 얼굴에 분칠하고 들이밀다가
> 한지 같은 팩이란 가면으로 가려봅니다
>
> 당신은 마사지가 몇 분이면 끝나냐고 묻네요
> 당신이 계신 창밖에서요
>
> (중략)
>
> 습윤으로 가려진 얼굴이 자꾸만 어색하고
> 불편합니다
>
> 세안을 해야할까 봐요
> 부끄러운 화장은 비누로 지워야할까 봐요
>
> 당신,
> 어때요 내가 투명하게 보이나요?
> – 시 「그리운 민낯」 중에서

시인이기에 앞서 여자인 조금랑의 연서같은 시입니다. 수

죱은 사랑 앞에 보이기 싫은 민낯, 이미 낙엽 지고 있는 중년 여자의 얼굴, 마사지의 팩으로 가린 부끄러운 마음, 습기 같은 게 배여 있는 어느 봄날의 풍경이 보입니다. 투명한 마음 같은 게.

5. 앞에서 논한 아리스토텔레스의 수사학에서

조금랑 시인에게는 파토스(감성)가 앞줄에 있음은 너무 당연한데 에토스(신뢰), 로고스(논리)의 의미도 가볍게 생각하여도 안 될 것이다.

시란 게 언어로 하는 종합예술이라 볼 때 우리는 시에 과학도 철학도 숨 쉬고 음악도 미술도 살아있어야 함을 인지해야 한다. 오래전 우리가 쓰고 있는 서정시에 대한 약간의 오해가 있어 왔다. 서정시는 자연친화적이고 약간 경건하고 그에 따른 시어들도 미사여구여야 한다는 서정시는 우리 내면의 정서와 상처 같은 걸, 비교, 은유, 직유나 환유의 언어로 서술하는 거라 할 때, 함축된 밀어 같은 걸 서정시라 한다면 조금랑의 언어는 환유에 가깝다고 볼 수 있다.

그림으로 그릴 수 없고 카메라로 찍을 수 없는 내면의 진통 같은 일렁거림을 포착하여 소박한 옷을 입히는 작업들, 조금랑의 시는 가난하고 지난하다. 이쯤에서 조금 궁금했다. 조금랑도 일탈을 꿈꿀까? 반전이 있을까?

가끔 파격도 불사하는지 다음 시를 읽어보자.

할래요?

오늘 밤에는 죽고 싶어요
사무치게 그리운 갈 수 없는 그곳
오늘은 도달하고 싶어요
조도를 낮게 깔아 줘요
음악이 잔잔하게 흐르면 좋겠어요
붉은 와인 한 잔 주세요
전희는 언제나 따뜻해요
떨림이 전율처럼 솟구치고
그냥 혼절하고 싶어요
온몸으로
설움처럼 토해낼 거예요

불빛은 낮고
음악이 흐르고
가슴은 뜨겁고

시는 지금부터예요
– 시 「할까요?」 전문

시 「할까요?」 는 다소 파격이라고 본인은 생각하는 것 같았다. 언어의 유희라는 게 있다. 「할까요?」 는 언어의 유희 측면에서 이해해야 한다. 모든 예술이든 종교든 간에 유희가 없으면 생기가 없음이니 개인적으로 나는 시에서 엄숙주의나 경건주의에 반대한다.

언어의 본질은 자유임을, 비상하다가 부딪히다가 가라앉다가 추락하다가 다시 솟아오르는 자유, 조금랑의 시에서 인연이라는 말을 자주 만날 수 있다. 삶에서 소중한 가치인 인연을 고급스럽게 리셋한 시 한 편 읽어보자

밥솥의 알람은 완성이다
나의 알람은 리셋

(중략)

어둠이 시작된 익숙한 길에서
길을 잃고 마는 실수가
어쩌면 리셋의 원점이 될 수도 있으려니
사방의 어둠은 가시처럼 다가와
성한 생각도 암흑으로 밀어버리고
분명이라고 알던 것들이 허공으로 흩어지면
그때는…
깊은 잠이 들겠지
처음처럼
- 시 「리셋」 전문

조금랑의 서정은 조금랑의 언어는 쌀을 안치고 밥을 짓는 질서 같은 게 가지런히 놓여 있다. 혼탁과 혼미함이 없어

조용하고 따뜻하다.

가을 어느 날, 이런저런 인연으로 조금랑이라는 사람을 알았다. 마스크 너머 조금랑의 눈빛은 맑게 빛나고 있었다. 열정 그 자체로 시적으로도 생활인으로도 나비의 날갯짓처럼 언제나 분주한 그녀의 행적은 신비롭기까지 했다.

그녀 애마와 더불어 전국 방방곡곡을 지치지도 않고 달려가는 그녀의 전생은 호랑나비였지 싶다. 지금 이 시간 미사리 강변을 거닐고 있을 그녀는…

조금랑 씨의 첫 시집 발간을 축하드립니다. 앞으로 더욱 빛나는 개성으로 눈부신 시어들의 꽃밭에서 마음껏 나래 펴시길, 건강도 챙기면서 …

엄마, 사랑해요

할배가 앞질러 갔던 길
모퉁이 들어서면 돌아설 수 없는 경계
막다른 길 서성이는 은빛의 남루한 할미꽃
가난한 시간 건너온
등 구부러진 이야기
보라색 작은 꽃으로 피어난 서러운 사연들
울고, 웃던…
인기척 없는
외딴 길에서 망설이는
미안하다고 고마웠다고
내미는 주름진 손

뒷모습 서러워 엎드리는 등 자꾸만
아래로 아래로
내려가는

더는, 뒤돌아보지 말아요
더는, 숙이지 말아요
서러운 할미꽃
- 시 「할미꽃」 전문

조금랑이 가꾼 은유의 꽃밭에서 향기롭고 마음껏 행복했습니다.

2022년 7월 31일
시인 이 순 호

■ 글벗시선 176 조금랑 시집

바이러스처럼

인 쇄 일 2022년 10월 8일
발 행 일 2022년 10월 8일
지 은 이 조 금 랑
펴 낸 이 한 주 희
펴 낸 곳 도서출판 글벗
출판등록 2007. 10. 29(제406-2007-100호)
주 소 경기도 파주시 와석순환로 16,(야당동)
롯데캐슬파크타운 905동 1104호
홈페이지 http://guelbut.co.kr
E-mail juhee6305@hanmail.net
전화번호 031-957-1461
팩 스 031-957-7319
가 격 12,000원
I S B N 978-89-6533-226-8 04810

* 잘못된 책은 바꿔 드립니다.